O RUPESTRE

Copyright © Editora Globo S.A.
Copyright © 2022 by Alexandre de Castro Gomes

Todos os direitos reservados. Nenhuma parte desta edição pode ser utilizada ou reproduzida — em qualquer meio ou forma, seja mecânico ou eletrônico, fotocópia, gravação etc. — nem apropriada ou estocada em sistema de banco de dados, sem a expressa autorização da editora. Texto fixado conforme as regras do Acordo Ortográfico da Língua Portuguesa. (Decreto Legislativo nº 54, de 1995).

Imagens da página 31: iStock/Getty Images

Editor responsável: Lucas de Sena
Assistente editorial: Jaciara Lima
Diagramação: Ana Clara Miranda
Revisão: Isis Batista

CIP-BRASIL. CATALOGAÇÃO NA PUBLICAÇÃO
SINDICATO NACIONAL DOS EDITORES DE LIVROS, RJ

G612e

    Gomes, Alexandre de Castro, 1968-
    O rupestre / texto [e ilustração] Alexandre de Castro Gomes. - 1. ed. - Rio de Janeiro : Globinho, 2022.
    32 p. : il. ; 28 cm.

    ISBN 978-65-88150-23-8

    1. Ficção. 2. Literatura infantojuvenil brasileira. I. Título.

21-70063   CDD: 808.899282
                          CDU: 82-93(81)

Leandra Felix da Cruz Candido - Bibliotecária - CRB-7/6135

1ª edição, 2022
Editora Globo S.A.
Rua Marquês de Pombal, 25 – 20230–240
Rio de Janeiro — RJ
www.globolivros.com.br

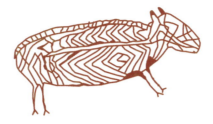

Alexandre de Castro Gomes

O RUPESTRE

GLOBINHO

Um caçador brasileiro pré-histórico retorna para o seu vale depois de uma agitada temporada fora. Antes de seguir para casa, ele entra em uma caverna escondida atrás de um bambuzal. Em seu interior, estão as notícias locais.

Aquele era o Jornal do Vale da Moqueca. Uma ideia criativa do Juca Sapiens, um dos primeiros repórteres nascidos no sul da linha do Equador. O jovem e primitivo rapaz começou com uns rabiscos verticais que alguns interpretaram como chuva. E não é que choveu mesmo? Dali em diante foi um tal de desenhar animais de caça, festejos, atividades do dia a dia e histórias do povoado. Ainda bem que a caverna era comprida.

As novidades do último ano foram pintadas nas paredes do fundo, longe das intempéries da entrada. Todos na região conhecem o lema daquele jornal rupestre:

Nós damos a notícia.
Vocês interpretam como quiserem.

CULTURA

•

A VISITA DOS HOMENS SALSICHA

No início da primeira semana de inverno, os moradores do vale receberam a visita inesperada dos Homens Salsicha. Um grupo amigável, liderado pelo gentil Neander Sadigão, que veio de longe para estreitar laços com outras tribos. Era comum ouvir o seguinte diálogo ao longo do dia:

— Invado o seu espaço?

— Como é?

— Estique o braço e tome um abraço!

No breve período em que estiveram por aqui, nos ensinaram a caçar emas com pequenas bengalas afiadas, a dançar em fila indiana, a fazer uns penteados loucos e a abraçar os amigos. Certa manhã, após uma noite de festejos, os Homens Salsicha simplesmente desapareceram. No lugar onde dormiam, encontraram somente um porco gordo e satisfeito.

COTIDIANO

•

A CASCUDONA

Quem não tem nojo de bicho que anda no lixo? Imagine como ficou o vale depois que uma das mulheres da tribo veio correndo avisar sobre uma barata cascuda gigante que saíra da mata e ameaçava entrar em sua casa? O caos se estabeleceu. Muitos pularam de susto. Outros desmaiaram. Animais fugiram correndo. Um cidadão chegou a empurrar seu tatuzão para que ele a comesse, mas o bicho não se moveu. Não havia em nosso vale um chinelo que pudesse matar um inseto daquele tamanho. Até que apareceu o Pedrão, um caçador que estava de passagem. Além de forte, Pedrão tem dois metros e meio de altura e um pé que pode esmagar um jacaré.

ECONOMIA

·

PLANTAÇÃO DE CEBOLAS

A plantação de cebolas do vale é o xodó dos nossos fazendeiros. Os rapazes passam o dia cuidando dos bulbos e espantando os pássaros que querem comê-los. Trabalham tanto que não têm tempo para curtir a vida. Apesar de gostarem do que fazem, sempre sentiram uma pontinha de inveja de alguns membros da tribo que dançam e se divertem o tempo inteiro. Como abandonar a plantação com tantas aves ávidas por bulbos suculentos? Espantalhos, é claro! Construíram dois bem bonitos, com casacos, cabelos e os braços levantados, e foram quebrar pinhatas na festa. Voltaram no dia seguinte. Não havia mais plantação. Os cervos passaram por cima e destruíram tudo.

ECONOMIA

•

O ROEDOR DE TAPETES

Rochinha Seis-Dedos faz os melhores tapetes do povoado. Sua fama atravessou fronteiras e já vieram pessoas de longe para comprar algumas peças. Imagina como ele ficou depois que descobriu grandes furos no produto mais caro do estoque. Pânico! Havia por ali um rato devorador de tapetes. O homem soltou, em sua caverna, o primeiro animal que viu, na esperança que este caçasse o rato, mas o tamanduá não ajudou. O gambá e o macaco também não fizeram nada, além de bagunçar a louça. Tentou armadilhas, mas não deu certo. Foi então que o tapeceiro resolveu consultar o sábio Cabeção. "Para caçar um rato, é preciso um gato", disse ele. Rochinha Seis-Dedos arrumou um, mas a onça o comeu.

INTERNACIONAL

·

O ALIENÍGENA

Eu estava lá quando ele chegou. Veio de um lugar no espaço cheio de estrelas e planetas que lembram mandalas siderais. Foi um momento mágico. O visitante tinha três dedos em cada mão, pescoção e uma cabeça de tubarão martelo. Era de se esperar que compartilhasse sua tecnologia conosco, meros terráqueos, como prova de amizade. Assim o fez. Ensinou-nos a contruir escadas. Instruiu-nos a montar pontes. Não sei como não pensamos nisso antes. Enfim, deu-nos presentes maravilhosos. Em troca levou água do oceano. Que bobo, né? Dizem que o nível do mar desceu quase um metro, mas e daí? Quando partiu em seu disco voador, eu e alguns outros subimos em uma árvore para nos despedirmos mais de perto. Sentirei saudades dessa criatura tão boa. Ele prometeu voltar.

COLUNA SOCIAL

·

SR. E SRA. BUGA

O namoro começou com um beijo. Casaram-se em pouco tempo. A festa de casamento foi linda, com a presença dos anciãos, fogueira, celebração de ritos de passagem e muita dança e comida. Vieram parentes e amigos de todos os cantos do mundo conhecido. Nove meses depois nasceu o pequeno Buga. Buguinha, como era chamado, cresceu entre os pais, dançarinos equilibristas de um circo itinerante que, entre suas atrações, apresentava as raras e exóticas araras gigantes do planalto. Logo após a primeira exibição da temporada, as aves escaparam de suas jaulas. Uma delas agarrou o menino e ambos sumiram entre as nuvens. Ainda estão desaparecidos.

CIÊNCIAS OCULTAS

•

DIA DA CAÇA

Os caçadores ficaram angustiados quando os grandes animais sumiram de nossas matas no final do último verão. Não se achava nada que pudesse alimentar as famílias do vale, além dos pequenos lagartos que se escondem nas pedras. A situação estava tão ruim que foi necessário pedir aos mestres rezadores que apelassem aos deuses por caças maiores. Deu certo, mas os efeitos colaterais foram inesperados. Cervos gigantes surgiram da noite para o dia e pisotearam várias pessoas, incluindo o Chico Pregui, irmão do nosso líder tribal. Conseguimos matá-los, mas agora nosso chefe precisa cuidar do mano. O mestre curador já disse que ele não tem nenhum osso quebrado, mas o coitado alega ainda não estar recuperado. Vive na rede.

TURISMO

•

O MONSTRO DO PÂNTANO

Peixe assado é a comida favorita de todos os moradores do vale. E o melhor deles é encontrado nas águas do caudaloso pântano que existe ao sul do morro de arenito. O caso é que os mais velhos dizem que esse lugar é o lar de um monstro de garras tão afiadas que são capazes de rasgar uma pessoa ao meio. Mas como poucos ouvem o que os avós têm a dizer, quatro pescadores do vale resolveram tentar a sorte. Levaram varas compridas, cestos para colocar o pescado, redes e um gancho para puxar os maiores para dentro da canoa. À noite, dormiriam em volta de uma fogueira para espantar o frio e os mosquitos. Dizem que chegaram lá e encheram a canoa com os peixes mais saborosos que existem. Ainda não voltaram.

ESPORTES

•

CORRIDA DE FÓRMULA EMA

Sediamos pela terceira vez a corrida intertribal de Fórmula Ema. O percurso foi o mesmo das outras temporadas: cinco voltas completas ao redor do Morro do Bezerro. Como das últimas vezes, Tocotoco, o forasteiro de casaco de peles, trouxe suas emas campeãs. Dadá, a grandona de pescoço curto que ganhou no ano passado, também estava presente.

A corrida foi dura. Uma das competidoras tropeçou e acabou toda torta, atropelada pelas outras que corriam em fila indiana. A torcida vibrou na arquibancada quando Tião Amarelo cruzou a linha de chegada montado em sua ema empinada e recebeu a bandeirada da vitória. Pela primeira vez, a taça de pedra veio para um morador do vale. A previsão é que a comemoração adentre a madrugada. Agora, durma-se com um barulho desses.

COLUNA SOCIAL

CONCURSO DE BELEZA ANIMAL

O primeiro concurso de beleza animal da região foi um sucesso! Oito bichos participaram da disputa. A regra era simples. Aquele que tivesse seu pelo cortado com o formato mais bonito ganharia o troféu de bananas. Algumas pessoas protestaram contra a realização do concurso. "Raspem seus próprios cabelos piolhentos!", diziam os cartazes de pedra. Apesar do barulho, o evento continuou. Concorreram cinco cervos, duas capivaras e um jegue estrangeiro. Havia desenhos de todos os tipos. A final ficou entre a capivara Méri e o cervo Zé. A primeira com zigue-zagues que iam do focinho ao cotoco do rabo. O segundo teve o corpo dividido em ondas, pintas, semi-círculos e listras. Ganhou o cervo. Seu dono, Juca Miró, foi convidado a abrir um salão para atender ao povo do vale. Já prometeram fila na porta.

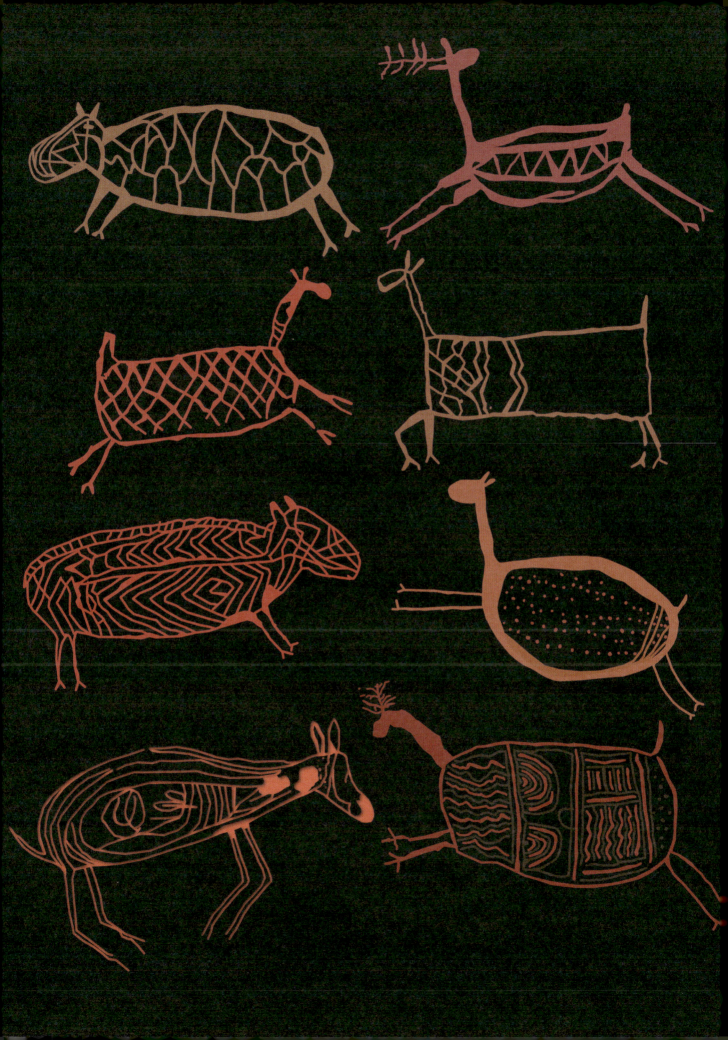

SAÚDE

•

CARRAPATOS

Começaram atacando os lagartos. Eram carrapatos enormes, do tamanho de pitangas. A gente sabia que o réptil tinha sido infectado quando começava a esbranquiçar. Até aí, tudo bem. Não incomodava. A coisa ficou ruim depois que a praga espalhou doenças esquisitas em outros animais. As pernas das rãs esticaram, assim como o corpo dos gatinhos. Alguns bichos emagreceram tanto que viraram pele e osso. Mas foi só quando os macacos começaram a soltar gases terríveis, assustando o gado, que o nosso místico ancião mascarado resolveu consultar os espíritos em busca de uma solução. Soubemos que a cura está em uma flor que cresce sob o sol causticante do deserto. Espero que nossos exploradores voltem logo. Já são muitos carrapatos. E ninguém aguenta mais o cheiro de pum de macaco.

PSICOLOGIA

TEORIA DO ABRAÇO

O doutor Cacildo Braços-Largos mudou-se para o povoado há alguns anos. Trouxe consigo a Teoria do Abraço, segundo a qual as pessoas sentem-se calmas e seguras quando abraçadas. Funcionou muito bem em crianças e adultos. Quando havia alguma crise familiar, chamavam Cacildo, que distribuia seus abraços a preços módicos. Na primeira semana da primavera, testou sua técnica no gato listrado de Dona Chica. O bichano ficou mansinho que só. Daí para animais maiores foi um pulo. O doutor atendeu capivaras, macacos, cervos e búfalos. Até o dia em que tentou abraçar um jacaré. Mudou seu nome para Cacildo Braço-Largo e agora não abraça mais ninguém.

ARTE RUPESTRE

Os primeiros registros rupestres brasileiros foram feitos há mais de 20 mil anos. Hoje existem cerca de oitocentos sítios históricos catalogados no país. Afinal de contas, o que queriam os nossos artistas pré-históricos? Mostrar seus costumes? Criar um manual para futuras gerações? Perpetuar rituais religiosos? Ou a intenção era criar rabiscos artísticos e divertidos? Talvez seja um pouco de cada. Ou não.

As pinturas podiam ser feitas com os dedos ou com pincéis rústicos, de pelos, penas ou fibras vegetais. Dentre as cores utilizadas, os tons de vermelho são predominantes, embora existam imagens pintadas em amarelo, preto, cinza e branco. Usava-se óxido de ferro para os tons rubros e amarelos. O preto e o cinza vieram do dióxido de manganês ou de carvão conseguido na queima de ossos. O branco é da tabatinga, um tipo de argila bem clara. No final, tudo era diluido em água, gordura animal ou sangue para dar resistência e durabilidade.

Todas as imagens do livro são reproduções livres de pinturas rupestres brasileiras localizadas em:

Parque Nacional Serra da Capivara - PI;
Chapada Diamantina - BA;
Serranópolis - GO;
Parque Nacional da Serra das Confusões - PI;
Oriximiná - PA;
Apodi - RN;
Vale do Peruaçu - MG;
Parque Nacional das Sete Cidades - PI;
Barão de Cocais - MG;
Matozinhos - MG;
São João da Varjota - PI;
Buíque - PE;
Seridó - RN;
Xique-Xique - BA;
Lençois - BA;
São João da Canabrava - PI;
Tasso Fragoso - MA; e
Parque Estadual da Serra do Cabral - MG.

Este livro foi composto nas fontes Bebas Neue e Raleway
e impresso em papel offset 150g/m² na gráfica Coan.
Tubarão, Brasil, outubro de 2022.